ゆっくりとわたし　金井雄二

思潮社

ゆっくりとわたし

金井雄二

思潮社

目次

装画　矢野静明「放蕩息子の帰還」

ゆっくりとわたし

金井雄二

走るのだ、ぼくの三船敏郎が

ねぇ、ちょっと聞いてよ。走るのだ、ぼくの三船敏郎が。どこまでも肩を上と下に揺すりながら、そのたびに息が、土砂降りの雨の中に消えていくんだ。肩から胸にかけて肌もあらわになって、いたるところに泥までついていて。走るのだ、三船敏郎が。剣を振り回しながら、雄叫びをあげながら。眉毛の一本一本には神経が入っていて、そのどれもがビンとしている。額にも神経はそろりそろりと生えそろっていて、そこには電流が走っている。光がどこからか流れてくるが、それは剣から飛び出しているのではなく、眼の底から発射されているのだ。走るのだ、三船敏郎は。腕にさえ血の筋が盛り上がって、胸は硬くなり首の筋が浮き上がり歯と歯はしっかりと合わされつつ、それでも、息は弾丸のように空気中に、はげしい雨の中に、打ち込まれていく。太腿は、肉を大きく盛り上がらせ、足首にかけての筋はおそろしいほどに伸びきっている。走るのだ、ぼくの三船敏郎が。走って、走って、走り抜けて、息を四回も吐き続け、一度だけおもいきり吸い込んだ。一軒の飯屋がある。ひなびた飯屋である。三船敏郎が再び走る。飯屋に向かって。戸を開ける。土間に踊りこむ。炊事場に回る。大きな飯炊き釜を見つける。大きな飯炊き釜の重たいふたをあける。そこには真っ白な飯がある。雨と汗と筋肉が盛り上がる腕は、大きめの丼をがしりと左手でつかむと、へらで飯を丼に盛り付けた。どんどんと盛り付けた。もう、これ以上は入らないだろうと思うまで押し込んだ。そして、割り箸を口にくわえると右手で箸をふたつに剝ぎ取った。眼が白いものを見つめる。まず咽喉が上と下に動く。と思うが同時に、口が開かれ、飯が投げ入れられる。次から次に、白米は口の中に放り込まれる。丼の飯があからさまに少なくなっていく。額には滲み出るものがあって、だがそれを拭おうとはしない。咀嚼する口元が、動く唇が、ぎらぎらとする眼が、動き続けている。咽喉がクッと一回鳴って、また再び動き始めた。走るのだ、三船敏郎よ。誰かのもの、じゃなくって、ぼくの三船敏郎の。動き続け、走り続けた三船敏郎の。走るのだ、ぼくの三船敏郎が。

どこへ行こうとしているのだ

砂嵐のなかにぼくはいた。どこまでも歩いている。足を踏み出すごとに、靴が砂のなかにむくむくと入っていくのがわかる。足を抜いて一歩を踏み出すのが大変だ。手にはなにも持っていない。ハンカチもなくちゃ、汗も拭けないじゃないか。それで、いったい、ぼくはどこへ行こうとしているのだ？　砂嵐の向こうに何があるというのだ。靴をぬいでみた。靴下をぬいでみた。素足の底が砂を掴まえるときのキュッとした感触が嫌いだ。でも歩かなければならない。砂のなかに足を踏み込むたびに、これはぼくの足であろうか、と不思議に思う。それで、いったい、ぼくはどこへ行こうとしているのだ？　上着をぬぎすてる。暑いからではない。ぼくはぼくを確かめるためだ。砂の粒が胸に当たってくる。手で顔を覆ってないと、砂がいたるところに入ってくるようだ。それでも歩いている。はるかむかし、こんな砂嵐のなかをお母さんといっしょに歩いたような気がしている。お母さんはどこへ行ってしまったのだろうか？　ねえ、お母さん、それで、いったい、ぼくはどこへ行こうとしているのだ？　ズボンをぬぎすてる。毛の生えた脛がでている。毛の生えた？　ええっ、そうじゃないだろう？　足にはいつ毛が生えたのか？　あんなに真っ白だったのに。ああ、股間にもなにやら黒いものが生えていて。新しい自分に出会ったとたん、ぼくはもう、もとにはもどれないことを知った。砂嵐のなかを、うつむきながらひとりで歩く。それで、いったい、ぼくはどこへ行こうとしているのだ？　シャツをぬぎすて下着を破り、深い世界のなかに埋もれていく。確実に変ってしまったぼく自身を連れて。出会いはすべての決別の証であり、はじまりでもあった。砂が舞っている。子どもの時の色が消えていく。息が苦しい。誰もいない。どこへ行くとしても歩くことしかなかった。それも全裸で。

出会いの物語

深く雲が押し込まれている日でした。薄ねずみ色の教室でした。どきどきと胸が動いていて、ひとつのところにいませんでした。ぼくは菅井さんに会いました。菅井さんはほんとうはぼくの初めての先生で、菅井先生、と呼ばなければいけないのかもしれません。でもぼくにとっては菅井さんなのです。そう呼ばせてください。菅井さんはぼくに（ほんとうはぼくたちに）言いました。これからみんなと仲良く勉強してそして遊びましょう、と。菅井さんはぼくが机で勉強をしていると、とくに漢字をなんべんもなんべんもノートに書き写しているようなときには必ず席をまわってノートを見に来てくれました。菅井さんがノートをのぞきこむと、菅井さんのお月さまのようなまあるい顔がはっきりと見えます。菅井さんの顔はお化粧がしてあって、白粉がいっぱいぬってあるのです。たぶん白粉はぼくのお母さんよりももっともっといっぱいぬってあって、でもその白粉の上からでも菅井さんのお肌にはちょっぴりぶつぶつと小さい穴があって、降りたての雪ではなくて残念なんだけど、ぼくはその菅井さんのほっぺたに触ってみたいと思っていました。菅井さんの髪の毛は少しパーマがかかっていました。くるっとなった髪の毛は意外に短いのです。でもほんとうは髪の毛よりももっとすてきなところがあったのです。菅井さんがとなりの席の女の子のノートをみているときぼくは見えてしまったのですから。菅井さんの後の方の首に、少しだけ生えている毛なんです。短い毛です。短い毛なんですが、それからだんだんと頭に近づくにつれて長い毛になっていくんです。とっても順序が正しくてうれしかったのです。毛は短くなるとちょっぴり硬いものだと思うのですけれども、菅井さんの後の方の首に、少しだけ生えている毛は、それはそれはやわらかそうな毛なのです。猫のミュウちゃんのような毛で、ちょっぴり触ってもいいですか？　菅井さん。菅井さんの匂いも好きでした。百合の花の匂いでした。ぼくはその匂いを山の上で嗅いだことがありました。山の上には白い雲がいくつか浮かんでいて、雲はどこへ飛んでいくのだろう、どこでもいいや、なんて考えながら眺めていると、山の斜面に百合が咲いていたのです。でもその百合は真っ黒な百合だったのです。この世の中に真っ黒な百合があるとは知りませんでしたが、ぼくが行った山の上にはたしかに咲いていて、そこには菅井さんが立っていたのです。菅井さんはぼくの横に来ると、ぼくの顔をのぞきこむのです。黒い百合の匂いをさせながら、まあるいお月さまのような顔をこちらに向けて。菅井さんの青いスーツはぜんぜん似合いませんでした。菅井さん、ぼくは菅井さんをじっといつまでも見つめていたのです。ぼくのお母さんには、菅井先生のお化粧の匂いが嫌いです、と言っておいたのですが、それは嘘です。ぼくは菅井さんの、首のうしろの毛の生えぎわとまあるいお顔と白粉のあいだに見え隠れする穴のあいた肌と、そして黒い百合の匂いが大好きでした。これはぼくが小学校一年生のときにほんとうに思った、まぎれもない真実だけの出会いの物語なのです。

校庭

女の子たちと校庭。校庭には、いつもふくらはぎをキュッと上げているような女の子が数人立っていて、小さなつむじ風が舞っていた。つむじ風はうすら笑いをしながら「やあ」ってぼくに挨拶をした。**滑り台には男の子が**。滑り台には男の子が、独りいた。半ズボンをはいていた。冬でも半ズボンだった。ポケットには、まるまったハンカチが入っていた。そのハンカチで鼻汁を拭いた。顔からでてくる液体はなんでも拭いた。男の子は滑り台が好きだったわけではない。滑り台以外の場所が嫌いだったのだ。校庭には男の子の居場所はない。**キンちゃん、また今度会おうな**。校庭には、二宮金次郎の銅像が西向きにたっている。西陽が額にあたって黄金になる。銅像の土台の部分にだれかがマジックで「バカ」と書いてある、金次郎。同級生たちがうれしそうにはしゃぎまわっているときでさえ、薪を背負って本を読んでいる、金次郎。この像は全国の小学校にいるのだろうか、金次郎。小学校の校庭では、誰かが誰かをおいかけている。ぼくは「キンちゃん!」と、友だちの名を呼んで、また今度会おうな、とくり返し言っている。もう絶対に会えなくなることがわかっていた気がする。十年後、ある友人からキンちゃんが死んだことを聞いた。おにぎりに梅干は好きじゃない。**普通のようで普通じゃない**。掃除の時間が終るころ、どういうわけかいつものあいつがぼくを呼び出す。ぼくは嫌だけどついていく。また、なんだ。またあいつからせびられてしまうんだ。どこといって悪そうなやつじゃない。とっても普通。その普通が一番普通じゃないんだ。ぼくは、広い校庭に逃げ出したくなる。あいつのいない校庭に。**この円の中から**。友だちと話をしていて、ぼくは思う。なぜコイツは自分のことしか話さないのだろうと。自分が先日何をした、とか、自分はいかに楽しく毎日をすごしているか、など。おまえの暮らしなどぼくはいっさい興味がない。校庭に大きな円を描く。そうさ、お前はこの円の中から出られないでしょ。**いったい何を？**　校庭の中には、豊かに魚が泳いでいました。何匹も何匹も泳いでいました。ぼくは水の中に入って、その魚を素手で捕まえようとしましました。簡単に掴めそうに思えたからです。でも魚はつかまりません。逃げてしまうばかりです。では、問題。ぼくはいったい何をつかまえたのでしょう？　**たまちゃん**。校庭にはたまちゃんがいる。メガネをかけて、おさげ髪で、短いスカートはいて、ズック靴を履いて。ぼくのたまちゃんが立っている。ふくらはぎを上にキュッとあげながら。つむじ風がまっすぐに吹き去っていった。バイバイって言いながら。

ひとつのしろいぼーる

ひとつのしろいぼーるをどこまでとばせることができるのか、ぼくはためしてみたかったのです。ぼーるはおとながつかうこうしきぼーるではなくて、あたってもこどもがしんでしまわないように、ごむでつくられたなんきゅうというぼーるなのです。なんきゅうにはえーきゅう、びーきゅう、しーきゅう、えるきゅうというしゅるいがあり、しょうがくせいのてにあわせてつくられた、いちばんちいさいしーきゅうをぼくたちはつかっていたのです。しーきゅうのひょうめんはちいさなくぼみがいくつもできているのです。こうしきぼーるのようにいとのぬいめはないのですが、ごむがぶいのじにぼつぼつととびだしていて、ぬいめをかたちづくっているのです。ぼくらはそのしーきゅうのごむがとびでたぶぶんがこすれてこすれてつるつるになるまでつかうのです。それはなぜかというとしーきゅうをかうのにもおかねがひつようで、こどものぼくたちにはなかなかかうことができないからなのです。ですからどんなにすりへっても、やまがなくてうまくかーぶがなげられないじょうたいになってもそのしーきゅうをいつまでもつかっているのです。なくしたらなにもかもおしまいで、つまりはやきゅうができなくなってしまうからです。しーきゅうはそんなわけでぼくたちのたからものなのであります。おなじようにばっともぐろーぶもたからものなのです。ぼくのばっとはともだちのおふるでした。ぼくはばっとをいつもみがきました。ぎゅうにゅうびんをつかってごりごりとこすってみがいていたのでした。そうすることによって、ばっとのきのめがびしっとひきしまるのです。めがあらくならないのです。ぐろーぶはぼくのおたんじょうびのぷれぜんととしてかってもらいました。とってもうれしかったのです。かわがへなへなでぺったんこでちいさなぐろーぶでしたが、ぼくはそのぐろーぶがだいすきでした。それでしーきゅうをにぎるのがだいすきでした。とんできたしーきゅうをきゃっちするとぺちゃんときみょうなおとがしました。つかいおわったぐろーぶはかならずおいるをうすくぬっておくのです。そうしないとかわがかさかさになってしまい、ながもちしないからです。ぼくはへたくそでしたが、やきゅうがとってもすきでした。だからいつもばっととぐろーぶとしーきゅうはだいじにだいじにしたのです。あるひぼくはひとりでくろいはたけにたっていました。やきゅうのぐらうんどではありません。がっこうのこうていでもありません。いえのちかくのうねのあるくろいはたけです。くろいはたけはどこまでもとおくにつづいていました。このくろいはたけのどまんなかまでしーきゅうをとばせてみたいとおもったのです。ぐろーぶはしたにおきました。しーきゅうはひだりてにもちました。そしてばっとはみぎてにもちました。ひだりてのしーきゅうをふわっとうえにほうりあげました。そのままひだりてをすばやくばっとにあてがい、おちてくるしーきゅうをおもいっきりばっとでうってみたのです。たいせつな、ひとつのしろいぼーるをどこまでとばせることができるのか、ぼくはためしてみたかったのです。

蜜柑

蜜柑はいつも家にあった。食べ物は何もない家だったけれど、蜜柑とインスタントラーメンだけはどういうわけかいつもあった。硬い、がっしりとした箱には「愛媛みかん」と書かれていて、ぼくはそれをみるといつも心のどこかで、安堵したものだった。また、あの、蜜柑が食べられると。シャツを着て、セーターを着て、その上にジャンバーをはおった。黒いジャンバーだ。襟のまわりにはフワフワな毛がのっているジャンバーだ。左手でＹＫＫと刻印されているチャックの先を持つ。左と右を合わせるようにしながら、チャックの先端をはめこみＹＫＫを持って、そのまま上へ引き上げる。ジャンバーは完全にぼくの胸元を覆い隠し、北風にあおられても、味方になるのだ。蜜柑をジャンバーのポケットに入れる。両方のポケットに。ポケットはふくらむが、それがまた心地よい。ぼくは家を出る。ぼくは歩く。畑の中を。何が植えられている畑なのかはわからない。黒い土の上をぼくは歩く。畝になっているその谷間を。その山を。ズック靴で土を蹴っ飛ばしながら歩く。北風が吹く。いつも風が強いところだ。ぼくは風に話しかけられる。君は元気かと。そんなに冷たくはないだろうと。ぼくは空にも話しかけられる。なぜ、そんなに辛気臭い顔をしているかと。子どもはもっと、子どもらしく遊んだらいいじゃないかと。ぼくは雲にも話しかけられる。空にのぼる方法を教えてやろうか、雨を降らせてやろうかと。ぼくは歩く。ポケットから蜜柑を取り出す。皮をむく。歩きながら。左手で蜜柑をがっしり持つ。蜜柑の軸の方から右手の親指を立てて入れる。むく。冷たい手で、指で。蜜柑の皮がボロボロとこぼれてしまわないように。蜜柑の房を傷つけないように。皮は一枚の皮としてつながっているように、慎重にむく。くるくるとまわしながら、むく。むき終わった皮が、ヒトデの形になるように、一枚の蜜柑の皮として存在するように丁寧に、むく。そして蜜柑の一房をもぎとる。果汁が飛ばないように。真っ白にかたまっているシブはとらない。ぼくは蜜柑の一房を口の中に放り込む。房が口の中で割れる。口の中、いっぱい。そして二つめを。蜜柑。ぼくは畑の中を歩き、蜜柑をほおばる。どこまでいってもあたり一面、畑ばかり。冬の空、北からの風、白い雲が流れて、そんな時、人間はどこにもみあたらない。

レールの響き

今から考えると、なぜそんな危ないことをしていたのだろうかと、少々いぶかしくなる。昭和四〇年代、ぼくの育ったところはまだまだ田舎で、野原や畑が多く、雑木林なども残っていた。子どもたちの遊び場といったら、もっぱら雑木林であったが、そのほかにも遊ぶ場所はいくらでもあった。ぼくはある日、線路へ行った。都市へ続く、近郊の在来線は生活の足そのものだったろう。子どものぼくにはそんなことは知る由もなく、ただ、電車が通る、それだけのことだったのだ。電車がとりわけ好きだったわけでもなく、遊びに飽きたときなどは、ときどき出かけて行った場所というだけだった。当時、電車が何分間隔で走っていたのかも知らないし、興味もなかった。ただ、茶色い鉄の塊が、遠くからこちらに向かって走ってくる姿には、勇ましさなどより、ある種の美的な感覚が伴っていたように思う。子どもながらに、その姿にあこがれたのだ。しかし、そのときは違っていた。線路内にはいともたやすく入れる。ちょっとした土手を登り、降りていけばどこからでもすぐに線路にたどり着いた。ぼくはそうやって線路内に入り込んだ。ここの地形は河川の河岸段丘の最上部に位置する高台で、坂はなく一面の原っぱだった。どこまでも平地が続いている。平地をまっすぐに突き抜けるように、二本のレールが続いているのだ。大きな真っ白な紙を、鋭利なナイフでスーッと切れ込みを入れていくように。ぼくは線路に降りるとレールの側に立った。かがみこんで、耳をレールに近づける。そっと、本当にそっと、当ててみる。ひんやりとした感覚が耳全体をおおう。よし、と思う。まだ、音はない。ぼくは用意してきた古い五寸釘を取り出す。レールの上に置く。置いた瞬間、ぼくはとっても気持ちが高揚する。静かな心の高鳴り。レールの上に乗せられた五寸釘は、電車の重たい車輪が完全に押し潰してくれるのだ。釘の錆はあざやかに消し取れ、まっ平らにプレスされた鉄片はまさしく小さなナイフのようになる。ぼくは釘をレールのうえに準備すると、あとは時間を待つばかり。土手に座って草笛を作って吹いたりしている。時おりレールの上に行っては耳をつけ、音を確認するのだ。電車はかなり遠い所にあっても、その音はレールを伝わって響いてくる。カツーン、カツーンという音が耳の奥に響いてくる。いい音だ。音は次第に大きくなってくる。電車が近づいているのだ。ぼくはレールの上に置いた釘の位置を、もう一度確認してから離れようと思っている。土手の窪みに身を潜めていれば大丈夫だと思っている。そしてもう一度、耳をレールに戻す。音は確実に大きくなっている。カツーン、カツーン、カツーン。もう少し、もう少し大きくなるまで。もう少し。

熊がいる！

熊がいる。熊がぼくの家のまわりを走っている。ぐるぐると家のまわりを。家の中を覗き込みながら。窓から熊の顔がチラリチラリと見えるのだ。ぼくにはそれがよくわかる。どうしたらいいのだろうか。熊が窓を突き破って、家の中に乱入してきたら。熊はよだれをたらしながら、息荒く、家のまわりをぐるぐる走っている。毛が生えている。全身に真っ黒な剛毛が、ぎらぎらと光っている。胸には白い毛が夕月のように浮かんでいて、そう、ツキノワグマって奴かな。牙のあいだから熱い息を吐き、今にも家の中に入ってくる気がする。こわい。熊がいる。熊がぼくの家のまわりを走っている。ぼくの頭の中もぐるぐるまわる。こうしてはいられない。ぼくは蒲団から抜け出す。関節が痛い。蒲団を剝ぐだけで、体の中がぞわっぞわっと寒くなる。頭も痛い。咽喉も痛い。鼻も詰まっている。ふらふらするのだ。ぼくは、お母さんに言っておかなければならないと思う。家の外に熊がいるって。凶暴な熊が走り回っていて、家に入ってくるって。家に入ってきたら、ぼくもお母さんも熊の爪で頭を引っかかれ、血にまみれて、苦しみながら死んでしまうのだと。お母さんはどこにいる？　ぼくのお母さんは、近くの工場でパートタイマーとして働いている。お母さんに知らせてあげなくては。そうしないと熊に殺られてしまう。ぼくはふらふらする頭で立ち上がり、服に着替えようとする。体が火照っている。窓を見る。今、熊の姿は見えない。いや、でもまてよ、さっきは熊だったが、今度はライオンだ。それも二頭もいる。ライオンは、二頭とも体がどこか変だ。たてがみの下には縞模様の体がついている。そして馬のように走るのだ。走る音さえ聞こえてくる。今度はそいつが攻めてくるかも。お母さんが帰ってくる。手かごには真っ赤なリンゴが入っている。ボーッと突っ立っているぼくを寝かせる。ぼくのおでこにお母さんの手が触れる。冷たくて気持ちがいい。お母さんはリンゴをいくつもいくつもすりおろし、それを絞ってジュースをつくる。ぼくはボーッとして窓を見る。窓の外にはバルタン星人が鉄人28号とジャンケンをしている。

東京タワー

細い角材の端に接着剤を塗り、もう一方の角材の端にも接着剤を塗る。そして両手で圧着し、乾くのを待てばくっつくのだ。まず、ぼくの理論はそこから始まる。夏の暑い日、ぼくは細い工作用の角材を切り集める、竹ひごも。東京タワーを作る！　そう決心したのは、ある種のあこがれが東京タワーにあったからだろうか。世界にひとつしかない、ぼくの東京タワー。赤く灯るイルミネーション、展望台。さらに上にも展望台。先端は鋭利に空に突き刺さっている。いつかはあそこに登る、そんな夢があった。ぼくの理論からすれば、角材を土台にして脚部を作り、竹ひごをバッテン印のように組み合わせ、上に伸ばしていけば、東京タワーの模型が作れるのだ。接着には時間がかかるだろう。気力も必要だろう。自分の手で圧着部分を押さえていなければならないから。根気よく続けていけばできないことはない、のだ。ぼくはひとつずつ角材や竹ひごを合わせ、接着剤を塗る、押さえる、くっつける。接着剤を塗る、押さえる、くっつける。接着剤を塗る、押さえる、くっつける。細かい作業を時間をかけておこなっていく。しだいにタワーの模型は、その姿を見せはじめてくる。小さいことの積み重ね。ひとつのことを確実におこなえば、必ず次のことができるようになる。これは幼いぼくの理論だった。いつしかぼくは、足をかけていた。赤い鉄の柱に。ゴム底の靴を履いて。手も次の赤い鉄の柱を探している。上だけを見るようにする。風が吹いている。強い風が吹くと飛ばされそうになる。上に向かって生えているような赤い鉄の柱。曲線が美しい。さながら貴婦人のようでもある。落ちないように。しっかりと、踏ん張る。そして足を上げる。上に向かって。展望台まではまだ先だ。少し下を見る。もうすでに人が小さい。車も小さい。赤い鉄の柱にしがみつきながらよじ登る。それはまさに、あこがれにしがみつくということだった。うれしさに、打ち震えながら。

闇が訪れるまえのほんのちょっとした時間

ふと目を覚ましたとき、部屋の中では、時計の振り子が、音をたてて揺れているのがわかった。何時だろうかという疑問がわいた。だが、体が動かなかった。もう一度、目をつぶってみた。そして考えた。ここはぼくの家だろうか、と。ぼくはいったい、何をしていたのだろうか、と。まだ、少し、眠い感じがする。ここでずっと眠っていてもよいのだろうか。ふたたび目を覚ましたとき、庭では雨の音がしていた。雨が降り始めたんだ、と思った。かすかに土埃の匂いがしている。仰向けになっているぼくの体。その重たい頭を動かしてみる。動かない。両の肘をたたみの上につける。肘に力をこめて体を起こす。それから頭を上にもちあげてみる。ぼくは上半身をやっとのおもいで起こしてみた。庭を見る。明るくもなく、暗くもなく、藤の花のような紫色と、蜜柑を溶かしたような色が混ざり合った空気が、庭を支配していた。草花の葉という葉が、雨粒によって、ちょこんちょこんとおじぎをしているように見える。部屋の中はずいぶんと暗い。ぼくはいったいどのくらいの時間、意識なく眠り続けていたのだろう。ぼくは本当の闇が訪れる前のほんのちょっとした時間に遭遇した。きっと雨は、降り始めていたのではなく、あがるところだったのだろう。どんよりとした雲の隙間からは、だんだんと西陽が見えてきた。閉まりかけの扉の隙間に手を入れてこじ開けるみたいに、その西陽はやってきた。縁側からツーッと差しこんできて、ふすまからたたみをかざし、母親の箪笥のところで屈折する。ぼくはその西陽をじっと見ていた。父はいない。母もいない。姉もいない。妹もいない。みんなどこかへ行ってしまって、この世界には、ぼくという人間が一人しかいなくなってしまったかのようだ。そのぼくに西からの赤いひかりが、霧状になってしまった雨の粒をカラカラと反射させて、突き刺さってくるように思えた。半ズボンからはみだした太ももを西陽がスッと突き刺してくる。ぼくは立ち上がって、縁側に腰を下ろす、雨あがりの空を眺めて見る。黒い雲とうす青い空とがせめぎ合っているように見え、そこを闇の使者である西の陽が包み込むようにしている。こうして、ぼくの世界は闇を迎えるのだなあ。草の先端から、雫がこぼれる。ぼくは太ももにチクリとした痛みを感じる。右の手のひらで太ももを打つ。手のひらには、吸ったばかりのぼくの血を流しながら、べったりと蚊がへばりついていた。目をふたたび空に戻してみる。もう、絶対に元には戻せない、闇がそこにちらばっていた。

指先の感触

細い糸の先端を二つ折りにし、輪を作る。先端を軽くひねって8の字を描くようにし、輪の中へ通す。チチワの作り方を覚えたのはいつ頃だったろうか。竿の穂先へチチワをまるめて通し、引っ張れば固くしまり続け、先端をひょいと引っ張ればたやすく取れることができるのを知ったのも、もちろん同じ頃のことだったと思う。糸の先には針を。針の先には、餌が落ちたり、針が魚の口から外れたりしないように、かえしがついたものを使った。ウキは小さなボールのような玉ウキ。赤い色がかわいらしかった。おもりは板おもり。重さの調節が、すぐにできるから。そうやってぼくは神経を集中し、ていねいに仕掛けを作った。竿は竹でできていて、継ぎ目には目印がついていて、そこを合わせながら差し込んでいくのだ。そんなに長い竿ではなく、せいぜい五メートルぐらいのものだった。ぼくは、どちらかというと、そんなに器用とはいえないので、ゆっくりゆっくり、糸を結んでチチワをつくり、気持ちを縛っていったのだ。縛られたぼくの気持ちは常に糸の強さを感じ、竹竿のしなやかさを想っていた。川原につくと、針の先にはサシ虫を餌としてつけた。サシ虫というのは、白いウジ虫だ。先細りの五ミリほどの体をウネウネと動かし逃げ惑うウジ虫。ぼくはその一匹を左手でつまむ。右には針を持つ。ウジ虫のお尻のほうから針を刺す。プチッとした感触。ウジ虫は頭の先端をさらにクネクネとうねらせて踊るようになる。そうして、川の流れに送ってあげるのだ。水はいつもたくましく、ながれはいつも力強い。赤い玉ウキは揺られて、ふわふわと遠ざかっていく。ぼくの赤い玉ウキは、いったいどこまで行ってしまうのか。じっと見つめる。赤い玉ウキ。そのとき、クックッと妙な動き方をした。水のなかに少し潜りこんでしまったようにも見える。今だ。あたりだ。とおもうと、すかさず、竿を斜め上に引く。手から伝わる振動。針を引っ張る魚の口元がわかるようだ。こらえられない、生きのびようとする、必死の抵抗力がそこにある。ぼくはその感触を、身体の先端から全体でつかまえる。竿を上に上げる。婚姻色を帯びた、虹色の魚体が糸の先に見えてくる。ぼくは震える魚体、そのものを手のなかに入れる。一匹の捕らえられた生き物は、大きく口を開け、悲しそうな目を向ける。尾鰭をさかんに動かし、ぼくの手からすり抜けようとする。ぼくの手はそれを許さない。針を口からはずす。魚はぼくの手から魚籠の中へ移動する。そのうち、ぼくの指先には、うろこが生えてくるだろう。

芝生の想い

芝生は、ぼくの記憶の中ではいつでも反転している。芝生がぼくの頭の中を支配しているのか、ぼくの頭の中が芝生になっているのか。突然、芝生の中に寝転んでいるところを想い出したりする。いや、寝転んでいるところが、突然芝生の上だったりするのだ。しかし芝生の上に寝転んでいることは、気持ちのいいことではない。頭の中で考えると、それはとてもさわやかですばらしい経験であるようなのだが。実際は、芝生の上にじかに寝転がるのは、ぼくにとって健康にいいこととはいえない。なぜなら、きれいに刈り込まれている芝生というものは、想像する以上に硬いものなのだ。柔らかい皮膚に触れれば、小さな窪みが無数に出来てしまうほどなのだ。芝生に刺されるようにも感じる。そしてそれはけっこう痛みを伴うのだ。刈り込まれた芝生の先端が皮膚に食い込み、皮膚はそこだけ鬱血する。無数に斑点ができたような、血こそでないが、赤くなった腕をみるのは、あまり気持ちのいいものでもない。強い日差しがあるときなどは、芝生の緑も怖い。鮮やかすぎるのだ。緑は嫌いな色ではないのだが、その後に目を別な場所に移すと、残像が消えてなくならない。濃い緑は目に強く、日差しをあびた芝生は光線のように緑を発射してくる生き物のようだ。芝生の匂いもけっこうきつく、太陽熱がまんべんなく当てられると、蒸されて発酵されたもののようになる。だが、どのような条件がついても、ぼくは芝生に向かっている。芝生の色や匂いについて、その記憶をさぐりにいくのだ。それは芝生に征服されているようにも思えるし、ぼくが芝生を潜在的に、自分のものにしたいと思っているようにも感じられる。ぼくの原初の記憶とかかわりあいがあるようで、どうしても最後には向き合わなければならない何かがあるようにも思われる。ぼくは芝生の上で生きる。昔、簡単なペーパープレーンを作った。小学生向きの工作の本の中に載っている紙飛行機。普通の紙でつくるよりももう少し頑丈にできるので、飛ぶのが長持ちして楽しい。ぼくはよくそのペーパープレーンを作った。飛ばせる場所として芝生の上を選んだ。広大な芝生の上が一番よかった。まっすぐに飛ぶように。落ちないように。白い、一片の紙が空を飛ぶとき、その光景は芝生の上にだけしか生まれなかった。その飛んでいる姿だけを見たいがために、ぼくは芝生と格闘してきた。ぼくのペーパープレーンは空を舞い、一回転して芝生の上に降りる。紙飛行機は飛び続けることは出来ず、落ちるものなのだ。ぼくは芝生の上に落ちた一片の紙を再生し、形を呼び戻し、仕上げ、また空に投げてやる。芝生の上で。

足袋とＵＦＯ

ちょっと不思議な話です。足袋を履いたのです。運動会に。小学校の秋の大運動会に白足袋を履いたのです。足が軽くなるからでしょう。それに素足じゃないので、ちょっとした危険防止にもなります。足に固定する金具「こはぜ」はついていません。そのかわり、足首の部分にゴムが入っていて、するりと足が入れられるようになっています。底も布生地。運動会のときに一日だけ履く足袋。一日で擦り切れる足袋。ぼくはその足袋を小学校一年から三年まで三回履きました。三度目の時はゴム底になっている地下足袋でした。不思議な話はここからで、ぼくの同年代にこの運動会の足袋を尋ねてみましたが、誰一人として知らないのです。かえって笑われる始末。さらに不思議なのは、ぼくよりも上の世代の人たちも運動会の足袋の記憶はないというのです。もっと不思議なのは、ぼくの同級生さえも、ぼくは靴だった、という答えです。足袋は運動会の前日ぐらいに、業者が売りに来ていたのです。学校の講堂の隅で、大量の白足袋を拡げて。ぼくたちは並んで足袋を買ったはずなのです。業者までいて、皆で一緒に買ったのに、誰一人として知らないとは、ちょっと不思議な話なのです。不思議な話はもう一つあって、ぼくは運動会の帰り、大山の頂方面から不規則な動きをする飛行物体を見た事があるのです。鳥ではなく、飛行機ではなく、ロケットでもなく、流れ星でもないもの。空を飛ぶ物体としてはあきらかに不自然な動きをしているもの。ぼくが目撃したものは白い光を発して、放物線を描くように回りながら移動し、スッと消えていったのでした。運動会の帰りだったので、午後の三時頃のことだったでしょう。打ち上げ花火だったとは考えられず、宇宙から落下してきた宇宙ゴミだったのでしょうか。それにしても不思議なものを見たもので、これは絶対にぼくのUFO体験だと思うのです。またそれが、運動会の帰りだったことで鮮明な記憶になっているのです。足袋の話をすると、皆が皆、笑いながら知らないを繰り返していますが、UFO体験の話をすると、あっ、それならぼくも経験があると、数人に一人は必ず得々と、自らのUFO体験を語りだす人がいるのです。ぼくにとって、これが一番不思議な話なのです。

火はまるで、水のように

最初は小さな光だったが、だんだんと大きくなっていくのがわかった。そして、いきなりボウッと炎が見えた。火はまるで、水のように。それはたぶん逆説ではなくて、火はまるで水のように立ち上がった。噴水の水が勢いよく上に躍りあがるように。火が、立ち上がったのだ。太陽が隠れる時刻。隣の家の物置小屋の前。雑多な物、古新聞や読み捨てられた雑誌、粗大ゴミの仲間に入りそうな材木や、雨で湿った座蒲団などが薄汚く積み重なった場所。どうしてそこに火があったのかはわからない。少年は自宅の窓越しに、唐突にその光を見てしまったのだ。あやしげな光。青と、赤と、少し黄も混ざって。煙。うごめく煙。そして炎。立ち上がってくる炎。少年は手に汗をかき、動悸がはやくなった。オレンヂ色の揺らめく炎がなぜ人をあんなに動揺させるのか。火事だ！　と、少年は思わず大きな声をだした。そしてふるえる手で受話器をとった。一と一と九とを人差し指で順番に回すのだが、そんな単純な作業がうまくできない。電話口で少年は火事だ！　と叫び、冷静になるようにと促されて、住所を言わされる。が、しかしうまく言えなかった。数分後にポンプ車がサイレンとともにかけつけたのだが、そのときには、もうとっくに火は消えていたのだった。隣のおじさんおばさんはもちろん、近所の人たちが集まり、何事がおこったのかと、ざわざわしていた。火はすでにないし、少し焦げた部分が残っただけで、ポンプ車の出番もなく、その後は何事も起こらず、人騒がせな一幕だけで終わってしまった…。ごめんなさい。嘘をつくのはやめましょう。ぼくは嘘つきでした。あの炎を最初に作ったのはぼくなのです。少年だったぼくなのです。ちょっとためしてみたかったのです。どのようになるのかを。こんなに大きな事になるとは予想もしなかったのです。最初は小さな光だったのですが、だんだんと大きくなっていくのがわかりました。怖くなりました。そして、いきなりボウッと炎が見えたのです。もっともっと怖くなりました。火はまるで、水のように。水を用意しようと思ったのです。それはたぶん逆説ではなくて、火はまるで水のように立ち上がってしまったのです。もうどうしようもなかったのです。噴水の水が勢いよく上に躍りあがるように。怖かったのです。火が、立ち上がってしまったのです。もっともっともっと怖くなりました。太陽が隠れる時刻のことです。けっきょく、ボヤということで、誰彼とも追求されず、事は済んでしまったのですが、その晩、ぼくの体の中では炎が立ちつづけ、血は巡りながら走り、ぐっすりと眠ることができなかったのです。

ゴム長靴の挑戦

長靴。ゴムの長靴。真っ黒で、ぼくの足にはちょっと大きいゴム長。雨の日、ぼくは長靴をはく。それはとても心が弾む出来事。小学校までの三十分間の道程を、黒いゴム長靴で、ベチョベチョと歩く。石ころだらけの道。ときおり通る車の轍が、小さな水たまりをつくる。雨が降り続いたりすると、水たまりと水たまりは水の交流をしながら、より大きな水たまりをつくる。水たまりはそのうちに交流の領域を広げて、道の幅、すべてにまで拡大していく。ああっ、大っきい水たまりができてるぞ！ ぼくらはそう叫ぶのだ。道幅すべてを覆いつくす巨大な水たまりに向かって。傘をさしながら。ランドセルをしょいながら。ゴム長靴をはいたまま。そうさ、ぼくらには、真っ黒で水が滲みてこないゴムの長靴が味方についている。その長靴で、道いっぱいに広がった水たまりを渡るのだ。これはぼくらの冒険だ。そのためにゴム長靴は存在するのだ。しかし、ぼくらは水たまりの深さを知らない。そこは未知の世界。もしも長靴より深かったなら、もちろん足は濡れてしまう。いや、それだけではない。長靴の中に茶色い泥水が入ってしまうのなら、長靴が長靴としての役目を果たさないことになる。そして最後には、お母さんにしっかりと怒られるのだ。でも、そんなこたぁ気にしちゃいられねーぜ。それ、進むのだ。一歩一歩、長靴をはいた足で。ぼくはこわごわと、長靴を巨大な茶色の水たまりの中へ入れる。波をなるべく立てないように。だんだんと深くなっていく。まだ平気。そしてもう少し。水たまりの中心に近くなる。もう、長靴の上の部分、ギリギリだ。これ以上深くなったら、茶色く濁った水が入ってきてしまう。ぼくは慎重に水たまりの中を進む。ゆっくりゆっくりと進む。水が入ってしまったなら、すべてが終わりなのだ。と思っている矢先、遠くから一台のトラック。雨の中のトラック。それもすごい勢いで。水たまりなんぞバシャバシャと走り散らかして。噴水のようにして。当然、ぼくらが今横断中の、この水たまりにもそのトラックが近づいてくる。な、何を考えているんだ、このトラック！　と思うまもなくトラックは来る、来る、来る。スピードはかなり落ちているものの、大きなタイヤが水たまりの中へ入ってくる。波紋ができる。いいや、もう、波紋どころじゃなくて、これは波だ。押し寄せてくるのだ。ぼくらは悲鳴を上げる。トラックはスピードを落とし、道路の端を通ってくれているにもかかわらず、ぼくのゴム長靴は衝撃的且致命的な痛手をこうむることになるのだ。つまり水たまりの水が波となってぼくのゴム長靴の中にしたたかに流れこみ、ぼくの長靴は泥水を入れたコップ状態になってしまったのだ。実のところ、ぼくはだいたい最後にはこんな状態になってしまうことはうすうす感じていたのだ。その証拠に、かしこい女の子たちは水たまりの端の浅いところを、スススッとなんの苦もなくよけて通るのだから。

茅《ち》萱《がや》

頬から血が出ていた。いっしょにいた友だちが教えてくれた。きっと茅萱の葉が当たったのだろう、と思った。あたり一面、茅萱が群れているのだから。ぼくたちは茅萱の中を分け入って歩いているのだから。茅萱で埋め尽くされたこの野原の奥には、小高く、長い土手が続いている。土手の側面には、ピストルの弾丸が隠されているのだ。そう、ぼくらは弾丸を取りにきたのだ。ここはむかし、米軍の射撃場だったところ。土手には小さな穴が無数にあいていて、枝などの固い物でその穴を削っていくと、ピストルの弾丸が掘り起こされる、というわけだ。弾丸は泥におおわれ、小さな粘土の塊みたいなものだ。だが、まわりの土を落とすと、弾丸の形がはっきりわかる。服でこすると、弾丸から噴出している緑青がでてくる。ぼくらは、その緑青を紙ヤスリでまんべんなくこする。すると、弾丸は金色の光をとりもどすのだ。弾丸の先が、時にへこんでいたり、形がいびつだったりするのは自慢にならない。丸く滑らかな弾丸が、重宝されるのだ。ぼくらは弾丸を探しに行く。だが、射撃場の道程は険しい。今日はなかなか土手にまでたどり着かない。一面の茅萱の野原。背の低いぼくは、茅萱の葉を手でかき分け、進まなければならない。葉はまっすぐに立っている。頬から血が出ていた。いっしょにいた友だちが教えてくれた。きっと茅萱の葉が当たったのだろう、と思った。手で何べんも頬をさわってみる。手に血がつく。しばらくして、また、さわってみる。手には血がついている。それでもぼくらの足は止まらない。友だちは言う。このあたりは、アメリカ兵は、アメリカ兵がまだ住んでいて、ちゃんと見張りをしているのだ、と。友だちは言う。アメリカ兵は、肩からライフル銃をかついでいて、歩いているのだ、と。友だちは言う。この射撃場はまだアメリカの土地で、ぼくらはここへ入ってはいけないのだ、と。友だちはさらに言う。ぼくたちが、もしアメリカ兵に見つかったら、その場ですぐにライフル銃で撃たれるだろう、と。茅萱の野原に風が吹く。生暖かくてゆるい風だ。茅萱の葉のはるか遠くのほうで、声がする。誰かが何かしゃべっているような気配だ。日本語じゃない、英語だ！　ぼくはとっさにアメリカ兵に見つかった！と思った。隠れろ！　ぼくと友だちは茅萱の野原の中でうつ伏せになって倒れこむ。シーンとしている。風の音がする。弾丸が埋め込まれてある土手までは、まだ距離がある。ゆっくりと起き上がってみる。頬から血が出ていた。いっしょにいた友だちが教えてくれた。

レンズ山

戦車道路を自転車で行くんだ。レンズ山を目指して。レンズ山は陽の光が当たると、ときどきギラリと光るので、遠くからでもわかるときがあるよ。ぼくらはレンズ山からガラスのかけらを拾う。きれいな三角すいの形になったのがいいよ。太陽の光が通るとき、ガラスのかけらは素晴らしいレンズになる。光は中で屈折して虹色になるんだ。小さな七色の光。プリズム。手の中に納まる三角すいのレンズ。だれが何のためにガラスの山を作ったか、それはだれも知らないけれど、ぼくらにとっては宝の山。だけど、そこに行き着くまでにはかなりの距離を自転車で走らなければならない。それも、でこぼこの戦車道路を。ガタガタガタガタと走って行く。キャタピラーの跡がずっと続いていて、走りにくいんだ。固い土が出っぱっていて、自転車には都合が悪い。おまけに水たまりもあったりして、戦車道路は戦いの道のようだ。ぼくらの自転車は揺れる。友達の自転車は三段ギヤサイクル。ぼくのは変速ギヤなんてついてない。それでも負けずに走るのだ。レンズ山を目指してね。ここは、あの頑丈な戦車が、米軍の補給廠まで、何台も何台も通っていったのじゃないか。

重い車体が、柔らかい土を押し下げながら、何台も何台も連なって通っていったのじゃないか。だからこんなにでこぼこなのじゃないか。実際にぼくらは戦車が走っていったところを見たことはないけど、でも、戦車道路にキャタピラーの跡があることを知っているんだ。戦車道路は隣町の高台を走る。ときおり、眼下にぼくたちの住んでいる町が見渡せる。ぼくらはレンズ山に行き着くまでのあいだ、小さな木陰で休むんだ。空には白い雲。綿アメのような白い雲。透き通った空。サイダーのように透き通った空。どこまでも続いている空。戦車道路。まっ昼間だというのに、ぼくらの町には声がない。咽喉がない。首がない。そんな不完全な、ぼくらの住む町が大好きだ。ぼくは虹色の光をだす、小さなガラスのかけらがほしくて、ここまできた。レンズ山まであと一息だ。友だちがぼくに声をかける。さあ、行こうぜ、カナちゃん、と。ぼくはいつまでも、その言葉を心の箱にしまっておく。そして、ちょっぴり苦しくなったときに、この戦車道路で休んだことを想い出し、心の箱から取り出して、自分で自分に言いきかせるのさ。さあ、行こうぜ、カナちゃん。

鳥籠

格子戸を引く。横に引く。木の枠の中に硝子がはめ込まれた戸。格子戸。ザラザラザラと音がする。レールの上をすべっていく音。ザラザラザラ。もしくは、硝子が震える音と入り混ざっている。納屋と呼んでもいいような場所。母家とは離れて建てられた部屋に、ぼくは踏み込もうとしているのだ。ザラザラザラ。格子戸を引く。この納屋の中には、おじいちゃんがいるのだ。ぼくのずっとずっと遠縁にあたるおじいちゃんなのだが。おじいちゃんには大好きなものがあった。それは小鳥を飼うことだった。何十種類もの小鳥たちを、おじいちゃんは納屋の中に飼っていたのだ。おじいちゃんは毎日、この納屋の中で、小鳥といっしょに、寝て、起きている。ぼくはすでにきっと、納屋の中におじいちゃんがいて、そのおじいちゃんはとっても小鳥が好きなのだ、ということを誰かから聞かされていたのかもしれない。ただ、幼いぼくにはそれがどんな暮らしなのか想像もつかず、納屋の格子戸を引くのにはそれなりに勇気がいることだった。ザラザラザラとぼくは格子戸を引く。小さな土間がある。土間から座敷に上がるには、縁側のような古びた板が一段、階段のようになって据え付けられている。ぼくは格子戸をザラザラザラと引く。見てはいけないものを見るときのように、格子戸が引かれるのだ。見てしまったら、もう、取り返しのつかないようなものがある気がしてならない。空気が違う。声が違う。人間の声がしない。だが、騒々しい。あれは小鳥の声だ。ザラザラザラと音がして、別の世界が現れる。鳥籠。おびただしい数の鳥籠。鉄製の鳥籠ではなくて、竹ひごのような細い木枠が、縦と横に格子状に取り付けられている、木製の鳥籠。土間に鳥籠がある。板の上に鳥籠がある。座敷にも鳥籠がある。鳥籠の上にも鳥籠がある。鳥籠の横にも鳥籠がある。鳥籠の斜め上にも鳥籠がある。納屋の中は鳥籠でいっぱいで、箱の中に箱がある寄木細工のように、納屋の中は鳥籠で埋め尽くされているのだ。おびただしい数の鳥籠の中には小鳥がいて、ぼくが格子戸を開けると、いっせいに動きだし、叫び、羽をバタつかせ、納屋の中をひとつの楽器にした。鳥籠の中には、どことなく、すでに人間味を帯びた小鳥たちの白い無数の目玉があって、ぼくを見つめていた。おじいちゃんはどこ？　小鳥を飼っているおじいちゃんはどこ？　小鳥が大好きなおじいちゃんはどこにいるの？　おじいちゃ〜ん！　どこ？あ、おじいちゃん、そんなところにいたんだね。ぼくは格子戸を開ける、ザラザラザラと。

鳥屋のアキラ君

アキラ君は頬骨が突き出ていて、いつも口が尖っているのです。眼も細いのです。いつもは無口なのですが、話はじめるととっても早口になるのです。何を言っているのかわからなくなるときもあります。声が非常に高いからなのです。アキラ君はぼくの友だちです。いつも一緒に小学校へ行っていました。ぼくらはアキラ君のことを、鳥屋のアキラ君と呼んでいました。なぜ鳥屋なのかというと、アキラ君の家では鳥を飼っていたからです。鳥は鳥でも、ニワトリです。いっぱいいるのです。長く連なったゲージの中に一列になって、ニワトリがいるのです。ニワトリは卵を産むのです。アキラ君のお父さんとお母さんは、ニワトリの世話をして卵を産ませるのです。その卵を売ってお金をもらっているのだと思うのです。ぼくがいつもアキラ君の家に行って思うことは、ニワトリがかわいそうだなということでした。ニワトリはいつも、狭い檻の中に閉じ込められていました。動きが取れないのです。眼のまえにある、粉の餌を啄ばむことしかできないのです。そして鳴くだけなのです。ニワトリの鳴き声。クゥォ、コォ、コォ、コォ。ニワトリの鳴き声だけがいたるところから聞こえてくるのです。アキラ君の家の、ずっと連なっているニワトリ小屋では一日中、ニワトリの鳴き声だけが響いているのでしょうか。アキラ君がぼくになにか話しかけてきます。でも、アキラ君の尖った口から聞こえてくるのは、クゥォ、コォ、コォ、コォ…クゥォ、コォ、コォ、コォ…というニワトリの鳴き声しか聞こえないのです。アキラ君はぼくに話しかけるのをやめると、さびしそうにぼくの顔を覗き込むのです。首を斜めにかしげて、ちょっと頭を突き出すようにして。ニワトリ小屋の中の臭いも強烈です。ぼくは食べたものが、咽喉のあたりまで戻ってきてしまうようでした。でも、アキラ君は平然としています。きっと、毎日同じ臭いの中にいるので、鼻が感じ取れなくなっているのでしょう。そういえば、ぼくも次第に臭いにはなれてきてしまったようなのです。ニワトリ小屋の中を歩いていくアキラ君。背中を丸め、手のひらを広げて歩くアキラ君。けっしてすり足ではなく、どことなく飛び跳ねるように歩くアキラ君。鳥屋のアキラ君。三時のおやつだといってゆで卵をだしてくれた、アキラ君のお母さん。あー、焼き鳥でなくてよかった。アキラ君、アキラ君。あれから四十年、今ではすっかり様変わりしてしまい、アキラ君の家はない。ニワトリたちはどこへ消えてしまったのだろうか?　ニワトリは飛べない鳥だというけれど、きっとどこかへ飛んでいったに違いない。アキラ君と一緒に。

父のこめかみ

父がごはんを食べると、父のこめかみはリズムよく、ふくらんだりとびはねるようにして動いた。ぼくはいつもそれを見ているのが好きだった。というよりは、どうして父の眼の上は、ものを食べると動くのだろうかと思っていたのだ。正確には眼の上ではなくて、眼の斜め上の部分で、それは頭と顔とをつないでいるほんの小さな隙間なのだけれど。父のこめかみが動くたびに、運動は激しいくらいに美しく、人間がここに生きているということを証明してくれた。ここにあるものは細い血の管であると思っていた。ものを口の中に入れたときに、上下運動をおこすため、どうしても動いてしまう部分なのだけれども。それは血を送りとどけるための大切な部分で、つまり血が通っている管なのだと思っていた。それをいつまでもじっとみているとなんだかぼくは、ぼくがぼくでなくなるような気がしてきてとても気分が悪くなってくる。ぼくはたぶんこの人の子どもで、ぼくの身体の中にある血の管の中に流れているものは、この人と同じ血があるのだ。そう思うとなんだか不思議でぼくはますます気分が悪くなってくる。つまりぼくのこめかみにも父と同じような血が出たり入ったりしているので、きっと眼の斜め上と頭との境にある短い血の管はどこまでいっても父と同じもののようでもあり、ぼくはそれを考えると青い空のように絶望した。父はよく血を流した。それもお尻から。人知れず、痛みの底から我をしぼりだしてきたのである。流された血は、便器の白さに混ざっていったいどこまで行ったのであろうか。これは笑い事ではなく、父の血はしっかりと息子のぼくにまで流れたどり着いていて、ぼくは先日、真っ白な便器の中において、父と同じような血をみることになったのである。この鮮烈なる紅は、父とぼくの、切っても切れない橋渡しをしているに違いない。鏡のなかのぼくを見る。しかしぼくはすでにそこにはいない。いるのは老いた父の顔だ。皺がより、顔の色が黒く変色し、髪は白髪になり、だが口を動かすたびに、眼の斜め上にあるこめかみは一定のリズムを刻んでいるのだ。ものを食べるとき、ぼくもこめかみがドクッドクッと高鳴っているのだろう。胸がきしむのと同じように、こめかみが膨らんではちぢみ、とびはねるように動きだすのだろう。いつまでも、いつまでも、嗚呼とうめき声をあげながら、ぼくは血を見るのだろう。どこまでも続く異国の砂浜で、過去の血が鳴るのだろう。

昔、ぼくの家でおこなわれていた月に一度の機械修復作業について

踏み台替わりの椅子を持ってくる。父が椅子の上に乗る。よっこらしょ、と声をかけて。ぼくは椅子を押さえている。べつに揺れてしまうわけではないが、ぼくは押さえている。何かしなければいけないと思うから。父が椅子に登ると、父の頭がやっととどくところにあり、手を伸ばしながらの作業となる。扉には動くフックのような留め具がついていて、そのフックをはずす。扉が開く。右端に、ゼンマイを巻くための、ゼンマイ巻き金具がある。ぼくはその金具は、いつも銀色の蝶々のようだと思っていた。父は蝶々の羽を右手で持ち、文字盤の中にあいている穴の中に突っ込む。人差し指の腹と親指の腹とを使って、蝶々の羽を回す。すると、ぎぃぃ、ぎぃぃ、というひらがなの音で、中のゼンマイがわずかずつ巻かれていくのだ。ゼンマイは鉄の板からできていて、ぼくはそれをオモチャのゼンマイ仕掛けの自動車をバラしたときに知っていて、不思議な機械だなと思っていたのだ。ゼンマイを巻く音がだんだんと短くなってくる。父は完全に巻ききらないうちに、よしっ、と声をかけておしまいにする。ゼンマイはあまりきつく巻きすぎるとよくないのだ。すべて巻き終わる、その少し前でやめておく。父はその感覚を、手のなかで知っているようwithout

のだ。文字盤にはもうひとつ穴があって、父はゼンマイを二つ巻く。一度巻くと約一ヶ月ぐらいは規則的に針が回り続けてくれる。ものすごく地味であり、かつ、誰にでもやさしい動力なのだ。ぼくはその作業を、椅子を押さえながら、下からじっと眺めているだけなのだが。二つのゼンマイを巻き終わると、ミシン油をもってこい、と父が言う。ぼくはミシン台の引き出しから、小さな油さしを持ってくる。ブリキでできた注油口が針のようになっていて、底をペコンと押すと一滴ポトンと油がでる油さし。父に手渡す。父は油を文字盤の中にほんの少し、滴らせる。まるで、小動物に水を飲ませるような感じに見えてくる。文字盤の下には大きな振り子もついている。時を知らせるための音もする。ぼくは音が鳴り始める寸前の、かすかに機械の軋む、ぐぅー、ぎぃぃ、という音が好きだった。ぐぅー、ぎぃぃ、が始まると、すぐさま、褐色の音色、ぼーん、ぼーん、ぼーん…が始まるからだ。ゼンマイを巻き、油をさした父は、満足気な顔になり、油さしをぼくに返すと、振り子を指でチョイとひっかける。振り子は何かが乗り移ったように、左右にゆっくりと動き始めた。父は長針を指で軽く回し始める。そしてぼくに聞くのだ。おい、今何時だ？

ダンダンモダンな床屋さん

ダンダンモダンな床屋さん。ぼくはいまでもはっきりと、あのモダンな場所を思い出す。大きな手すりの棒が縦にあり、手すりを握って押しました。ステンドグラスが光ってた、とってもモダンな扉です。ぼくは扉を押しました。ぼくの父といっしょにね。ぼくはいつも父といっしょにね。モダンな床屋へいきました。店の名前はモダンといいました。ダンダンモダンな床屋さん。重たい扉のその中は、待ち人用の椅子があり、長いソファがありました。ちょっと長めの水槽に、金魚は青く光ってて、水に沈んでおりました。父とぼくとは順番を、順番そのまま待ちました。ダンダンモダンな床屋さん。長いソファで待ちました。何時間でも待ちました。マンガを読んで待ちました。ダンダンモダンな床屋さん。順番来ればまずぼくが、大きな椅子に座るのです。少し遅れてぼくの父「こいつは、いつものように」と言うのです。いつものように切ってくれるのは、ダンダンモダンな奥さんで、丸顔小柄な奥さんで、ちょっと美人な奥さんで、いつもニコニコ笑ってて、笑うと奥の銀歯が悩ましく。ぼくの髪の毛パチョパチョです。モダンな床屋はやっぱりモダン。容姿もどこかにやっぱりモダン。清潔白衣に身を包み、髪はピシッとリーゼント。血管浮いた手の甲で、櫛のさばきもあでやかに、父の髪の毛梳かします。ハサミを持った右手では、小指をちょっと上にあげ、少し気取って動かします。音はシャッキンシャッキン気持ちいい。丸顔小柄な奥さんも、ちょっと気取ってシャリシャリシャリン。ぼくの髪の毛シャリンシャリパチョン。髪の毛切ったその後は、眉の下を剃るのです。軽くおめめをつぶってね、と、やさしい声をかけられて、ふっと目蓋を閉じてみる。すると丸顔小柄な奥さんの、ちょっぴり冷たい指が触れ、ぼくの目蓋に指が触れ、そのあとスッと剃刀が、いくどか目蓋をなぞるのです。丸顔小柄な奥さんのほんの少しの緊張が、ぼくの目蓋につながって、ぼくの頭の中にまで、スイスイスイと入るのです。ダンダンモダンな床屋さん。父はずっと話し込み、ぼくは終わってそのあとで、長いソファに座り込み、またまたマンガを読むふりで、横目でチラリと丸顔の、小柄な奥さん眺めてた。美人な奥さん眺めてた。ダンダンモダンな床屋さん。帰る頃には陽も暮れて、ぼくは少々飽きてきて、さあさ、お家に急ぎましょう。すると小柄な奥さん小走りに、ハイって言って、寄ってくる。ステキなキスかと思いきや、小さな箱をくれるのです。箱の中には蜜柑ガム。オレンヂ味のまあるいガム。そっと、渡してくれました。ダンダンモダンな床屋さん。ダンダンモダンな床屋さん。ダンダンモダンな床屋さん。

そして茄子も

よく覚えている。勝手口にあった、ブリキの箱のような米びつを。母は米びつから、コップで米をすくう。まあるいお釜に入れていく。電気釜の釜の中に。蓋の上に飛び出たボタンのような黒い取手がつけられた電気釜。両脇にも取手があり、持ち運べるようになっていた電気釜。母は蛇口をひねる。水は一輪のしぶきをあげてほとばしりながら落下する。母は米を研ぐ。米はいつの時代も母親の手によって研がれるのだ。ぼくはよく覚えている。薄暗い台所の床に、蓋があったことを。蓋を開けると、糠床があったことを。母は糠みそをこねた。右手をズボズボと中に入れて。右手を下から上へと入れ替えて。空気が変わる。光がさしている。朝の光が。ぼくはちゃぶ台を用意する。古いちゃぶ台だ。円卓だ。門のような形をした足がある。足は折りたたまれていて、ちゃぶ台はいつもしまっておくことができるのだ。ぼくはちゃぶ台を出す。折りたたまれていた足を伸ばす。ギシギシと鳴る足たち。伸ばされたちゃぶ台の足が、ふいに閉じてしまわないように、足の止め板もしっかりと噛ましておく。茶色くて、まあるくて、しっかりしていて、みんなが円周の縁でつながることができるちゃぶ台。これで準備はしっかりできた。ぼくはとてもよく覚えている。ぼくら家族はこのちゃぶ台を出し、この上に毎日の恵みを置いた。白く、シュンシュンと湯気が沸き起こっているごはん。森林から発掘されてきたようにあざやかな緑の胡瓜。つややかな光沢をもった紺色の茄子。まるまると太って健康そうなお色気を発揮している蕪。そして生卵。そっと触るとすこしザラついている感じがする卵の殻。ただただ真っ白な光景。ぼくはそれら、朝の食卓のまぶしい光景をよく覚えている。お湯、お茶、お味噌汁。いただきます。飲む。食べる。箸はかちかちと鳴りだして、父のこめかみは踊りだす。母はお茶をすすり、姉は糠漬けの胡瓜をかじる。ぼくは器に卵を割る。卵を持って、器の角にカシュッ、カシュッと当てるのだ。卵の殻に罅が入る。罅の部分に両方の親指の爪を入れ、左右に分ける。そうすれば見事に卵が割れるから。器の中には黄身と白身が流れ落ちていく。卵の黄身を箸で壊す。かきまぜる。しょうゆを入れる。またかきまぜる。黄身がだんだんと交じり合い、黒くなっていく。しょうゆを多く入れればそれだけごはんが沢山たべられるってもんだ。ぼくは白いごはんのなかに、卵を流しこむ。ニワトリが産んだ卵をぼくの胃袋に流しこむ。ぼくはそんな朝の光のことをよく覚えている。朝ごはん。ぼくの朝ごはんはいっつも卵かけごはんだった。糠漬の胡瓜と茄子と蕪と。朝の光がさしていた。ちゃぶ台の上に。ぼくは生まれ、生きて、卵かけごはんを食べた。そして茄子も。

月の光が射しているのに

月の光が射しているのに暗いのです。星の光で歩いているような、闇の中にいるのです。ぼくら二人。ぼくはお姉ちゃんと並んで歩いているのです。ぼくの腕のなかには一升瓶。中には何も入っていない一升瓶。ぼくは抱えて歩いているのです。お姉ちゃんもカラの一升瓶、腕に抱えて持っています。ぼくはまだ小学生。お姉ちゃんも小学生。三つ年上の小学生です。ぼくらは二人で歩くのです。月の光が照らすはずの暗いじゃり道を、ぺたんぺたんと歩くのです。道端には菜の花が咲いていていました。菜の花は風に頭を揺らしていました。空には蝶が。空にはたしかに蝶が飛んでいたのです。月の光の中を、蝶は飛ぶのでしょうか？　そうです。ぼくとお姉ちゃんは、それぞれ一本ずつ一升瓶を抱えて、二人で並んで歩いているのです。小学生の二人が月の光の中を歩くでしょうか？　蝶がたしかに飛んでいたのです。青い空の、雲の真ん中に腰かけるように。月の光の夜にそんな光景はありえないでしょう。月の光の、星の光の、夜ではないのかもしれません。一升瓶は太陽の光をカラカラと背負っていましたから。星の光ではあり得ません。ぼくとお姉ちゃんは、春の光の中を歩いていたのかもしれません。一升瓶には牛乳を入れるのです。牛の乳房から直接しぼって、漏斗をつかって入れるのです。ぼくとお姉ちゃんは、二人で並んで歩いて、遠くの、牛を飼っている農家まで行くのです。夜中に歩いていくところではありません。春の陽の、重たい子どもの憂鬱を、ずるずると引きずりながら歩いていくのです。お姉ちゃんはもっとしっかり歩きなさいというけれど、ぼくは一升瓶が重たくて、これから牛乳を入れてもらって、またこの道を引き返すのかと思うと、それがまた嫌で今から足が重いのです。でも牛乳は好きなのです。農家ではおばさんが、ぼくたちに一杯飲ませてくれるのです。黄色く濁った牛乳です。しぼって一度煮立てて、そして冷ました牛乳です。牛の前で牛乳を飲むのは、なんだか牛の子どもになったようで、なんとなく変な気持ちがしたのですが。一升瓶の口は新聞紙で伏せて輪ゴムで巻くのです。そして帰路に向かうのです。ぼくはお姉ちゃんと歩きます。牛乳を入れてもらった一升瓶を抱えながら。ぼくらの世界をすべてひっくるめて、お姉ちゃんはしゃべります。どんなことをぼくに言っても、お姉ちゃんはお姉ちゃんであって、お姉ちゃんはお姉ちゃんを超えられないのです。牛乳の生暖かさを抱きかかえながら、家に向かってぼくはお姉ちゃんと歩くのです。今になっても牛乳を見るたびに、お姉ちゃんと歩いた、菜の花が咲き、蝶が飛んでいた、あの道を想い出すのです。不思議なことにその記憶には、月の光が射しているのに真っ暗な、闇の中をただ二人だけで歩いている光景が、いつもいつも覆いかぶさって残っているのです。

妹が泣いています

妹が泣いています。いつもは泣いたことなどない妹なのに。膝をまるめ、うずくまるようにして、両手を顔にあてて、泣いているのです。声は聞こえません。手で顔を覆っているので、涙も見えません。けれどもぼくにはわかるのです。ぼくの妹は確かに泣いているのですから。妹とぼくは喧嘩をしたことがありません。それもそのはずで、妹は六つも年下なのです。妹に何かが起これば、兄であるぼくが駆けつけるのです。いつも、相談相手にもなってあげるのです。そのかわりに、ぼくの方も妹にはいろいろとよくしてもらったのです。インスタントラーメンがありました。ぼくの家には蜜柑とインスタントラーメンがいつもあったのです。妹はインスタントラーメンを作ります。冷蔵庫に入っている具材を沢山入れて。時には何も具がないこともありましたが、それでもいつでもインスタントラーメンをつくるのです。ラーメンは香ばしい匂いがしました。しゅんしゅんと湯気が立っています。妹が食べているところに、ぼくは近寄ります。箸を持って近寄ります。妹はちょっぴりびっくりするのですが、ぼくは一向に気にしません。ぼくはぼくの箸を入れるのです。湯気はしゅんしゅんと香ばしい匂いを立てています。おでことおでこがぶつかりそうになります。それでも妹は嫌な顔をしないのです。麵と麵がつながって、それでも嫌な顔をしないのです。蜜柑の皮も向くのです。まあるい蜜柑のお尻のほうの、茎のところから皮を剝きます。そうすると、房についているシブまでいっしょに剝けるのです。ぼくがそうやって教えてあげると、妹もまねして剝いてみるのです。妹は一房一房丁寧に蜜柑のシブをとるのです。ぼくはそのまますぐに食べるのです。たまに、蜜柑の一房の一番大きなものを出し合います。そうしてどちらの房が大きいか、勝負をするのです。もちろん大きいほうが勝ちとなり、もらえるのです。それは楽しい勝負事でした。それは些細なお遊び事でした。妹が暗い部屋の隅で泣いています。友だちと喧嘩でもしたのでしょうか。それとも母親に叱られたのでしょうか。いつもはけらけらと笑って、にこやかな顔をしている妹なのです。それが独りで膝をまるめ、うずくまって、泣いているのです。これはぼくには信じられない光景です。妹は泣きません。妹は絶対に泣かないのです。転んで擦り傷を負って血を流しても、可愛がっていた犬が死んでも、盲腸になって入院しても、妹は泣きません。こらえることがいつもできたのです。そのとき妹が顔を上げました。利き手の、左の手首がぐにゃりと動き、目じりの涙をすくいました。鼻を一度すすりました。そして、段違いの前歯を見せて、小さな声で一言ぼくに呼びかけました。「お兄ちゃん、行かないで」

淵野辺

木造の駅舎はいつもコールタールの臭いがした。駅前にはロータリーがあってバスが昼寝をしていた。バスの待合室には、哀しみで濡れた木のベンチ。丸坊主頭の少年は哀しみの上にひとりで座っていた。もう、陽が傾いて、これから家に着くまでには、明るいものはこの世界から無くなってしまうのだ。人の言葉は少年時代につくられる。淵野辺。この奇妙な地名。淵辺義博という武将の名をとった地名。大野北中学校一年生。真新しい制服に身を包んだ少年は淵野辺だ。彼は一生涯、淵野辺から逃れられない。発展堂古書店には文庫本。本の、濾された臭い。おやじさんとおばさん。風呂屋の番台に座る飼い猫のように、かわるがわる座る。百円で「シャーロック・ホームズの冒険」(阿部知二訳・創元推理文庫)とリルケの「マルテの手記」(望月市恵訳・岩波文庫)を買うのだ。高木のパン。いつも匂いだけはタダなのだ。人の言葉は記憶の裡につくられる。麻布獣医大学。そして淵野辺高校。

通称のべ高。幽霊病院、淵野辺病院。たぶん、どこの町にもあったのだろうが、名画座といえば、淵野辺ロマンス座。小学校の頃からよく出かけて行った場所。三百円をポケットに入れて。怪獣映画を見ようとして、やっているのは大人向けの時代劇。チャンチャンバラバラを大人に混じってみてくれば、便所の臭気が流れてくる。淵野辺ロマンス座。ポルノにとってかわるまで、そこはぼくのニューシネマパラダイス！　人の言葉は変化によってつくられる。駅前北口肉のハッピー。横浜銀行。北島サイクル、小町旅館。不二家のケーキ。亀屋の哲ちゃん。五本の道の交差点。ぼくはこの淵野辺の五差路から、どの道を選べばよかったのか。リルケが笑う。「マルテの手記」を振りかざして。リケルが笑う。マテルはむずかしいと。ルケリが笑う。五差路で笑う。大人になっても大事にとっておかなくてはならないもの。記憶の淵から。言葉の淵から。丸坊主頭の少年の淵野辺の淵から。

窓

中上哲夫さんへ

二十世紀最後の夏に、数百の窓をひとつひとつ開けていく仕事を、中上哲夫さんはしていたのですね。ぼくはそのときも図書館で仕事をしていましたけど。窓をひとつ開ける。こんなに単純で、たわいもない仕事ってあるでしょうか？　けれども本当はとてもむずかしい仕事なのかもしれません。たとえば、ぼくが勤めている図書館の窓です。真四角な黒板のように大きくて、さらにガラスなので重いのです。そして窓枠の右と左に取っ手がついていて、手をかけます。ぐるりと横に回転させるように開けるのです。一回転はしません。壁に向かって斜めに開けておくのです。窓枠から雨が滲み込むのを防ぐためのゴムのパッキンまでがめろめろと剝がれていて、それをいちいち押さえこみながら開けなければなりません。窓が回りださないように固定の金具が下の窓枠についています。ひとつの窓を開けるのにずいぶんと苦労をするのです。そんな窓が数百もあったなら……。図書館の重たい窓を一枚開けるとき、ぼくはそこから何かを呼び入れたようにも感じるのです。中上さんが開けた窓はどんな窓だったのでしょう？　窓を開けることって、詩を書くことに似ています。そう思いませんか、中上さん。だって、詩を書くときには、頭の中に一度、新鮮な風を通さなければならないじゃありませんか。入ってきた風が頬に触れ、暖かい、とか、冷たい、と感じること、それが一番必要じゃありませんか。数百の窓をひとつひとつ開けてきた中上さんは、窓の数と同じほどの詩を書いてこられましたね。いいえ、それ以上の詩が残されているのかもしれませんね。ぼくは中上さんの最初の詩集「下り列車窓越しの挨拶」から「旅の思想、あるいはわが奥の細道」「さらば路上の時よ」「記憶と悲鳴」「アイオワ冬物語」「スウェーデン美人の金髪が緑色になる理由」「木と水と家族と」「甘い水」「エルヴィスが死んだ日の夜」までつぶさに読んできました。ブローティガンもケルアックもスナイダーもブコウスキーもサロイヤンも。芭蕉も蕪村も、ソローもカフカまでも。中上さんから教えてもらったものは、すべて読んできたのです。今ぼくがこんなにも、詩について考えたり、夢中になったり、悩んだり、喜んだりしているのも、中上哲夫という詩人がいたからかも知れません。二十世紀最後に、中上さんは確かに窓を開けていました。それも数百の窓を。ぼくはそれをよく知っているのです。だってその中のひとつの窓は、図書館の窓のように重たかった、ぼくの心の中にある「詩」という窓に違いないからです。

さがみがわの川辺で

八木幹夫さんへ

買ってもらったばかりのズック靴で歩いていた。靴の底から石のまあるい感触が、直接足の裏に伝わってきていた。石はまるで、硬い卵のようにも思えた。力強く踏んだら、割れてしまう感じがした。だからぼくは石の上をやさしく歩いた。水はあふれるように流れていた。水の流れる音が心地良かった。水は大きな石に当たると、白いしぶきをあげて、形を変えながら石のまわりをなぞるようにして渦をつくった。ぼくはそれをじっと見ていた。流れる水をみていると、華やかな衣装をまとって踊る、華麗な踊り子を思い出させた。しかここから先は、上流域のはずだった。アーチ形をしためがね橋はいつ見ても新しかった。きらきらと夕陽に輝いてもいた。古い石を積み重ねるようにしてできている橋であったが、それでもぼくには見るたびに新しかったのだ。ぼくはこの橋が大好きだった。父を探していた。どこに行ってしまったのか。ぼくは父を探し歩いていた。釣り竿を折ってしまったから。だから釣りはもうできなかった。ハヤもヤマベも一匹も釣らないうちに。釣りができないとなると、ぼくはもう、何もすることがなかった。そのときのぼくは、釣り竿と同じように、何もかもふいに、すべてを折ってしまっていたのだ。死んだ魚が一匹、トロ場に浮いていた。ぼくは父を探していた？　いや、ぼくは誰かを待っていたのだ。暗い駅舎だった。昔の小田急線、相模大野の駅前にはバスターミナルがあり、タクシーやバスが頻繁に行き来し、大きなパチンコ店の看板が昼間からまぶしかった。角屋食堂や大野銀座の福永軒でぼくはよく飯を食ったものだ。駅の階段を上がるとすぐ右に切符売り場があって、向かいに改札口がある。改札を入って左の奥には薄汚い便所があって、相模大野駅はいつもそこから芳しい小便の臭気が流れていたものだった。ぼくはその改札口で八木幹夫さんを待っていた。小便臭い、相模大野駅の改札口で、これから中上哲夫さんに会いに行こうと、ぼくは肩をたたかれた。酒を飲んでは詩の話をした、アメリカ文学やランボーの話、釣りの話も…。いつも別れ際、「いい詩を書けばいいんだよ。ただそれだけだよ」と言っていた。八木さんにはどこか、ぼくの内側にこびりついている、夕陽の相模川と同じものがあるような気がしてならない。ぼくの相模川を知っている、唯一の人との出会いだった。靴の底から夕陽は押してきた。父親はまだ見つからない。さがみがわの川辺で。

放蕩息子

矢野静明さんへ

すべての金を使い果して、息子が帰ってきた。父親は息子の肩を抱き、しでかした放蕩の一部始終を言葉の中に封じ込めた。父親の手が伸びる。父親は息子を許すのだ。死んでしまった息子が、また生き返ってもどってきたのだと。息子の肩へ、手を。息子は目を閉じて父親にもたれかかる。大きな手は息子の肩に食い込みはじめる。指と指の間から肩の肉がムニュと盛り上がってくる。父親の手が息子の肩に食い込まれていく。手にはぶきみな皺がある。指の皮膚は間接が折れ曲がったときに、しなやかな動きを見せる。突っ張ることはあっても皮膚は柔らかに従ってくるのだ。その柔らかな部分は、人間の弱点でもある。人は腐るときには、まずやわらかい部分から腐り始めるだろうから。父は息子を抱く。父は息子の柔らかい部分を撫ぜまわし、そこから息子の体内に入り込むのだ。皆が見守る視線のなかで、暗闇の中から這いずり出てくる記憶たち。それら無数の感慨はこれからの人生において、屈強な選択を強いられる。過去を清算することは、過去に生きることではなく、これからの人生を示唆するものなのだ。父の手は息子の背中からもぐりこみ、人生をつかみとる。その、どろどろに溶け出した人生はもはや生きている価値のないただの塊に過ぎない。ぼくの畏友である、矢野静明よ。レンブラントの「放蕩息子の帰還」を借りてあなたはあなたの「手」を描いた。その手は、四方から迫ってきて、ぼくの肩にそっと触れてきた。かと思うとその力はだんだんと太くなっていったのだ。線の細かさ、構図の大胆さ。かねてから渦をまいていた思考の数々。それらをあなたは見事に表現として移し変えていく。父親の手は息子の肩の中へとはいりこみ、息子を再生させる。一度、死んだ息子を生き返らせる。絵描きの矢野静明さんよ。あなたに息子はいないのだけれども、あなたの手を、多くの放蕩息子たちの肩に手をかざし、その力を再生させるがいい。絵の力で。

巡り巡って血がさわぐ

金井勝さんへ

血が流れている。〈無人列島〉に。暗い喫茶店で、詩人の鈴木志郎康さんが手を振っている。ここだよ、って。血は流れている。もちろん体の中に。鈴木志郎康さんはすでにコーヒーを飲んでいて、ぼくもコーヒーを飲むことにして。コーヒーは真っ黒な血の色をしていて、ぼくが黒い液体をすすると、一瞬血の味がして。ぼくらの体の中には血が流れていて。体格のいい男が入ってくる。金井勝さんだ。二〇〇九年二月二日、詩人の鈴木志郎康さんの導きにより、ぼくは遠い親戚筋にあたる、映画監督の金井勝さんに会えることになったのだ。金井勝さんの鬚の先からはほのかに血の匂いがして、匂う血は、すでにぼくの血と同じ血の匂いがしていて。映画〈無人列島〉の、戒律の厳しい尼僧院からぬけだした日出国という小柄な男の額から出ている一筋の血と同じ匂いがして。もとをただせば、詩人の福間健二さんがぼくにビデオを貸してくださり、それには〈無人列島〉〈GOOD BYE〉の二本が納められており、その血の塊のような映画たちは、どうしようもなくぼくの首を絞めるに至ったきり、いつかは金井勝さんに会わなければならなくなり、つまりそれは、ぼくの血の根源を見つめることでもあって、ぼくの父、金井良博にも、昔の話なぞを引っ張りだしてもらい、金井勝さんの父、金井徳二さんのこと、そして金井家のことを、血のことを聞きだしていたのだった。金井勝さんは、映画の話をした。鈴木志郎康さんは詩の話をしなかった。ぼくは系図をみながら血の話をした。金井勝さんと金井雄二とは血と血でしっかりとつなぎとめられていて、映画〈GOOD　BYE〉の失語症の少年の、麗人の胸元の、飴売りの男の、ラーメン屋のオヤジの、血も、そこかしこに流れていた。金井勝監督はスクリーンの上に血をたたきつけていて、それは金井勝さんの血であり、金井雄二の血でもあるのだ。朝鮮島のあたりから流れ込んでいるぼくたちの血は、同じように鈴木志郎康さんの中にも流れ、福間健二さんの中にも流れ、でも、それらの血は金井の血とは区別され、金井の血はむしろ神奈川県相模原市の田名という不可解な場所から流れこんでいて、どうしようもなく、血は海の中を渡り、鳥の肛門から異国の世界へと逆流してしまう。映画〈王国〉を見たときに、ミクロを制したものがマクロを制するのだと、アシカの親子が笑っている。ぼくらの裡にはどうしようもなく悲しいものが音をたてて流れだしていて、死んでも絶対に取り替えることができない。自分ではない違う身体を持っているにもかかわらず、金井勝さんと金井雄二には血が脈々と王国の果てまで続いている。

足音が響く

足音が響く。ガード下で。無限の楽器がいたるところで弾き流されているように。足音は響く。壁の中に吸い込まれていくように。壁の本質は音を遮断するところにあるのだが、足音のどこまでも響く。壁は幾層にも煉瓦が積み重なってできており、煉瓦と煉瓦とのあいだには、きめ細やかなコンクリートが寸分の隙間もなく埋めつくされている。煉瓦の壁は進行方向右側にあり、いったい、どこまで、この壁は続いているのだろうか。壁の上には平べったい鉄の棒が横たわっていて、その上を鉄の輪が乗っていて、さらに重たい鉄の塊が動いていくのだ。その証拠に、足音の響きに混じって、京浜東北線の車輛がいくつもいくつもスタッカートを切っていくのだ。足音が響く。煉瓦の上で平べったいレールが踊り、青い車輛が踊る。足音は動く。いつまでも均等な響きを添えて。車輛は何度も頭の上を走り抜ける。律儀な足音の響きを打ち消しながら。煉瓦の上の、レールの上の、青い車輛には、無数の男やら女やらが眼を閉じたり開いたりしながら、立ちつくしていたり、あるいは口を閉じたり開いたりしながら、座席に座ったりしているのだろう。座席にもたれたり、立ちつくしている男と女たちは、自分たちがいるその下の、そのまた下のガード下で、ひとりの小柄な体軀の男が、ガード下の埃くさい歩道の中を足音を響かせているとも知れずにいるだろう。男や女は車輛に運ばれながら、ガード下を歩く、ちょっぴり疲れた小男のふくらはぎの痛みなども気にせずに、足音の響きなどまったく聞くこともないだろう。携帯電話を飲み込んで、あるいはくわえ込んで、青い車輛に飲み込まれている男と女たちは、煉瓦の壁に吸収されている足音の響きが、いったいどんな言葉をしゃべっているのかを知らないだろう。足音の響きは煉瓦と煉瓦の隙間のコンクリートの裂け目のなかに、水がしみこむように入り込み、言葉を作る。うめき声に似た言葉は、どこかで聴き覚えのあるささやき声になり、足音の響きに再び立ち返ってくる。歩行の中心に身をまかせているると、足音の響きは確かなささやき声になり、それはどこかで聞いた懐かしい声の一つに変わっていく。声はまた煉瓦の壁に吸い取られつつ、今度は聞きなじんだ声になってもどってくる。と思うと、車輛だ。頭の上をまたもや通り過ぎるのだ。足音が響く。ガード下で。どこまでも。幾年の、時間を隔てた無限の楽器の音が、身体を包むように、足音が。

瓶

瓶が怖い。ギヤマンの瓶が。うす緑色をした瓶。ぼくの部屋の片隅に、ひっそりといつまでも立っているギヤマンの瓶。この瓶はいつからぼくの部屋にあるのだろうか。ぼくがもちこんだものだろうか。記憶がないのだ。中味は何が入っていたのだろうか。牛乳瓶を大きくしたような、ふくらはぎのような瓶だ。確かに髪の毛が立つような恐怖ではなく、鳥肌が立つような恐怖でもなく。だが、確実に心臓が圧迫されそうな。内臓の、そのまた内側から、血の塊が外へ飛び出してくるような。恐怖。運んできた記憶も、中味を飲んだ記憶もなく、いつのまにか部屋の片隅に自分の位置を占めていて、うっすらと埃さへかぶっている。記憶がないのに、なぜかそこにあるという、その事実がぼくにはとても怖いのだ。知らずのうちに現れて、一つの空間を占拠してしまう、なにげなさ。ぼくが部屋を掃除するときには、瓶をひょいと持ち上げそこに掃除機をあててまたもとの場所に戻しておいた。だが、真夜中になり音がすべて止んで、この世の中がひっくり返りそうになると瓶はにわかに主張をはじめてくる。ぼくにはその無言の言葉も怖い。ギヤマンの瓶は、口元が人間の唇のように厚くなっており、その先の首はクゥと細くなっていく。細くなったかと思うとまたふくらみはじめ、そのままズウンと下まで伸びている。うす緑をしている体は、陽の光があたるとどのような景色をみせるのだろうか。容量はたぶん七五〇ミリリットルぐらいだろうか。普通の牛乳瓶とくらべてもかなり大きいものなので、そのくらいだろう。いや、瓶の中には液体が入っていたとは限らない。船の模型を入れたり、小さなモデルガンを入れるなど、玩具の鑑賞用としての瓶もあるくらいだし、ホルマリン漬けのマムシを入れることもある。だが、この瓶はそんなに大きくもない。このわけのわからぬギヤマンの瓶を処分するために、白い紙を用意する。白い紙の上に、ぼくは文章を書く。「助けてください。わたしは囚われているのです。そして死ぬほど怖いめにあっているのです。わたしはあなたの助けを必要としています。このわたしをどうか、どうか、救い出してくださいい。まるい月がかかったころ、島の中央にうす緑色の光が見えます。わたしはその下にいるのです。」ぼくは嘘だけを並べたこの文章が好きになり、丁寧に折りたたむ。そして、手紙を瓶の中へ入れ、コルクの栓をしっかりと押さえた。手紙にはだいぶ大きすぎる瓶だが、ぼくは満足した。これから海へ行こうと思う。小さな漁港でもいい。とにかく、海へ行こう。ぼくは、うす緑色のギヤマンの瓶を抱えた。いつしか怖さは希望に変わっていった。

ゆっくりとわたし

空に残っている、青い色の輝きが失われようとしている。暮れかかった太陽の光が、遠くの山並みに映えている。闇が世界を支配する、その入れ替えの時刻。明るさから暗さへ生まれ変わるとき、空は苦しさのあまり、悲鳴をあげる。それが夕焼けだ。ぼくはその夕焼けを何度見たことだろう。そして何度、苦しさの悲鳴をすばらしい自然の摂理だと想ったことだろう。わたしは夕焼けを見るたびに、人の死を想う。人の死は尊いものだと想う。だからこそ、今自分が生きているということに幸福を感じる。今日も、職場から外に出てみると、山並みから空に向かって悲鳴が聞こえた。たぶん、この狭い日本のなかで、ゆっくりと夕焼けを見る暇などある人は少ないだろう。ましてや、自分の過去をゆっくり振り返って、たどることなどしている時間はないだろう。働き、怒鳴られ、失敗し、自分を責め、くやしいと感じているばかりではないだろうか。だが、どうだろう？　ゆっくりとわたし、もういちど、ゆっくりと。自分を想い出してもいいのではないだろうか。人のためにではなく、自分のために。自分の暮れかかった太陽の光をもう一度、想い起こさせる時間をつくってもいいのではないだろうか？　父親の顔を想い出せるか。母親の顔は。母親の若かった頃の顔だよ。兄弟の幼かった時のしぐさは。従兄弟はいるか。名前を想い出せるか。初恋の人の、幼い顔の中の愛らしい瞳を。それらのことのひとつひとつを。他人にはどうでもいい、そういうちっぽけな事柄の、細々とした宝石たちを。闇が迫ってくるまで白いボールを追いかけたとき、あの時にだって、苦しさの悲鳴のような夕焼けは空を覆っていたはずだろう。いったい、このわたしは何をしてきたのか、ゆっくりと想い出すのだ。誰からも評価されることではないし、誉められることでもないけれど。想い出したなら、おもいっきり泣いた回数を、はじき出してみてごらん。それから笑った回数も。無駄なことのようだけど、もしかして泣いた時間や笑った時間が、わたしが本当に生きた時間なのかもしれない。わたしは今日、ここに立って、遠くの山並みを見ながら夕焼けが美しいと想う。そして、空は苦しさのあまり悲鳴をあげているのだと感じた。むかし、わたしは「夕焼けが美しい」などとは詩に書けなかった。だが、今、こうやって夕焼けの詩が書けることに、ささやかな幸福と誇りを持ちたい。だれも誉めてなんかくれなくてもいい。わたしは、詩を書く人間であったことだけに満足だ。それはわたしがほんの少し、大人に近づいたからだろうか。ここで、こうして、こうやって、ゆっくりとわたし、むかしのことを想い出しながら、夕焼けを見る。ここで、こうして、こうやって、ゆっくりとわたし。

あとがき

言葉が痩せていくのを感じていた。深みもなく、骨もない。ぼくの本当の言葉はどこに行ってしまったのか？　詩を書き始めてから以来、無駄な言葉を削り、短く的確な言葉を使う作業ばかり続けてきた。悪かったとは思わないが、それによってぼくの詩から何かが失われてしまったのではないかと思うようになった。このままではいけない、と感じた。

言葉を自由に放出し、あふれる言葉の渦に巻き込まれたい。詩の文字の中で、もっと自分を見つめなおそう。ささやかだが、確実なる欲望があった。それはいいかげんに書き飛ばすことでもなく、おびただしい数の単語をならべるだけのことでもない。いつしかぼくは自分の過去に遡り、書かなければならない記憶に遭遇した。書き始めてみると、少年時代の自分に再会していたのだ。ぼくは自分の少年時代を、もう一度、詩のなかで生きることができた。これは衝撃だった。書けば書くほど、書かなくてはならないことが生まれてきた。書くたびにぼくは自分の過去に戻ることができ、実際書きながら涙したものもある。

この詩集は、ぼくの五冊目になる。詩を書き始めた頃、五冊もの詩集を持つことなど想像できなかった。今回は特に個人的な想いが自分自身の形の中に納まり、文字がギュッと詰まった。かなり読みづらいと思う。だがゆっくりと読んでほしい。その中から、人間としての、普遍的な想いを感じていただけたらうれしい。題名にもなった「ゆっくりとわたし」という詩は、小林勇氏の「夕焼け」という名エッセイに感動して書かれたものである。

最後になったが、畏友である矢野静明さんから表紙絵をいただけたことに感謝をしたい。また、思潮社の亀岡大助さんにはこの拙い詩を一冊の本にする労を担ってくださった。このお二人がいなかったら、この詩集はできなかった。本当にありがとう。言葉では言い表せないぐらいの感謝の気持ちをこめて、読んでくださった方々にも、どうもありがとう。

二〇一〇年五月　　金井雄二

初出一覧（**題名**□初出誌、年月□制作年月日）

走るのだ、ぼくの三船敏郎が□「独合点」97号、二〇〇九年一月二十二日□**どこへ行こうとしているのだ**□「独合点」95号、二〇〇八年九月□二〇〇八年九月五日□**出会いの物語**□「現代詩手帖」二〇〇八年十月号□二〇〇八年九月三日□**校庭**□「Contralto」18号、二〇〇八年三月□二〇〇八年二月、二〇〇九年十一月四日、改稿□**ひとつのしろいぼーる**□「独合点」98号、二〇〇九年四月□二〇〇九年一月二十日□**蜜柑**□未発表□二〇〇九年四月十五日□**レールの響き**□「独合点」100号、二〇〇九年九月□二〇〇九年四月十七日□**熊がいる！**□「大人のためのおはなし会」にて朗読ライブ、二〇〇九年十月□二〇〇九年十月二十六日□**東京タワー**□未発表□二〇〇九年十二月二十日□**闇が訪れるまえのほんのちょっとした時間**□未発表□二〇〇九年五月六日□**指先の感触**□未発表□二〇〇九年四月二十九日□**芝生の想い**□未発表□二〇〇九年四月十八日□**足袋とUFO**□未発表□二〇〇九年十二月二十三日□**火はまるで、水のように**□未発表□二〇〇九年六月十六日□**ゴム長靴の挑戦**□未発表□二〇〇九年六月二十日□**茅萱**□「GETE 21」7号、二〇〇九年十月□二〇〇九年七月五

142——143

日□レンズ山□「GETE 21」7号、二〇〇九年十月□二〇〇九年七月三十日□鳥籠□「独合点」99号、二〇〇九年六月□二〇〇九年四月十三日□鳥屋のアキラ君□未発表□二〇〇九年七月三日□父のこめかみ□未発表□二〇〇九年一月三十日□昔、ぼくの家でおこなわれていた月に一度の機械修復作業について□未発表□二〇〇九年四月二十三日□ダンダンモダンな床屋さん□未発表□二〇〇九年四月十六日□そして茄子も□未発表□二〇〇九年五月二十八日□月の光が射しているのに□「エウメニデス」35号、二〇〇九年十月□二〇〇九年九月二十日□妹が泣いています□「エウメニデス」35号、二〇〇九年十月□二〇〇九年九月二十四日□淵野辺□未発表□二〇〇九年十一月十八日□窓□未発表□二〇〇九年十月五日□さがみがわの川辺で□未発表□二〇〇九年十月九日□放蕩息子□未発表□二〇〇九年十二月二十五日□巡り巡って血がさわぐ□未発表□二〇〇九年十月二日□足音が響く□「さよん・Ⅲ」5号、二〇〇九年五月□二〇〇九年三月四日□瓶□未発表□二〇〇九年三月十六日□ゆっくりとわたし□「大人のためのおはなし会」にて朗読ライブ、二〇〇九年十月□二〇〇九年十月十三日

金井雄二

一九五九年生まれ
既刊詩集
『動きはじめた小さな窓から』一九九三年／ふらんす堂
『外野席』一九九七年／ふらんす堂
『今、ぼくが死んだら』二〇〇二年／思潮社
『にぎる。』二〇〇七年／思潮社
個人詩誌「独合点」発行

ゆっくりとわたし

著者
金井《かない》雄二《ゆうじ》
発行者
小田久郎
発行所
株式会社 思潮社
〒一六二―〇八四二 東京都新宿区市谷砂土原町三―十五
電話〇三（三二六七）八一五三（営業）・八一四一（編集）
ＦＡＸ〇三（三二六七）八一四二
印刷所
三報社印刷株式会社
製本所
株式会社川島製本所
発行日
二〇一〇年七月二十五日